KB053135

나는 당신과 잘 지내고 싶어요

나는 당신과 잘 지내고 싶어요

초판 1쇄 발행 ㅣ 2019년 9월 26일

지은이 ㅣ 김지연
펴낸이 ㅣ 공상숙
펴낸곳 ㅣ 마음세상

주 소 ㅣ 경기도 파주시 한빛로 70 515-501

출판등록 ㅣ 2011년 3월 7일 제406-2011-000024호

ISBN ㅣ 979-11-5636-365-1 (03810)

원고 투고 ㅣ maumsesang@nate.com

ⓒ김지연, 2019

* 값 13,200원

* 이 책은 저작권법에 따라 보호 받는 저작물이므로 무단 전재와 복제를 금지합니다. 이 책의 내용 전부나 일부를 이용하려면 반드시 저자와 마음세상의 서면 동의를 받아야 합니다.

* 마음세상은 삶의 감동을 이끌어내는 진솔한 책을 발간하고 있습니다. 참신한 원고가 준비되셨다면 망설이지 마시고 연락주세요.

이 도서의 국립중앙도서관 출판예정도서목록(CIP)은 서지정보유통지원시스템 홈페이지(http://seoji.nl.go.kr)와 국가자료종합목록 구축시스템(http://kolis-net.nl.go.kr)에서 이용하실 수 있습니다. (CIP제어번호 : CIP2019034700)

나는 당신과 잘 지내고 싶어요

김지연

마음세상

이 책은 필사북입니다

볼펜을 쥐고

오른쪽 페이지에 필사해보십시오.

진정한 독서는

눈으로 보는 것이 아니라

손에 담는 것입니다.

필사의 매력에 푹 빠지실 겁니다.

나는 당신과 잘 지내고 싶어요.

나 좀 잘 봐주면 안 될까요?

모든 건 나하기 달렸다고

네가 문제라고 하지만

나만 노력한다고 되는 건 아니었어요.

내가 스스로 노력하는 것보다

내가 부족한 점을 개선하는 것보다

더 빠른 건

당신이 날 좀 잘 봐주는 거에요.

프롤로그

누구나 행복을 꿈꾼다. 행복은 부나 명예, 성공 등 다른 가치에 비해서 부담스럽지 않고 편안한 것이다. 행복한 사람은 실로 다 가졌다고 볼 수 있다. 남을 부러워할 일도 없고 스스로 골머리를 앓을 일도 없다. 하지만 행복은 쉽게 다가오지 않는다. 특히 행복은 혼자서는 꿈꿀 수 없는 것이기 때문이다. 스스로에게 물어보라. 나 자신이 행복하냐고. 정직하게 답을 해보라.

매일 어마어마한 경쟁에 놓여 살고 있다. 지지 말아야 하고 이겨야 하고 견뎌야 한다. 살아남아야 한다는 일념으로. 인생이란 팍팍해질수록 도처에 마음에 안 드는 것만 생긴다. 주변을 두리번 살펴보면 어떻게 안 좋은 점, 싫은 점만 눈에 띄는지 모르겠다. 그래서 점점 마음의 문을 닫고 작은 일에도 인연의 끈을 잘라버리거나 인간관계가 덧없다고 생각할 수도 있다. 사실 공을 들여서 쌓아온 인간관계가 손쉽게 무너져버리면 그럴 수도 있다. 그렇게 안전하게 사람들로부터 나를 고립시키고 온전히 나에게 집중해본들 사실 나에게 남는 건 고독뿐이다.

사실 일인자는 소위 1등이나 하는 것이다. 딱히 특출하지 않아도 애면글면 노력하지 않아도 웃으면서 즐겁게 살 수 있는 방법이 있다. 바로 주변 사람들과 원만하게 지내는 것이다. 사람들과 잘 어울리고 잘 섞이면 고민 거리도 좀처럼 생기지 않고 문제도 잘 생기지 않는다. 의외로 소소한 행복이란 나를 스쳐가는사람들이 던지는 따뜻한 말투, 가끔 느끼는 시선, 아주 작은 관심에서 순간순간 찾아오는 것이다. 원만한 인간관계를 성립해놓으면 이런 것들은 별로 노력하지 않아도 저절로 따라오는 것이다.

원만한 인간관계를 잘 구축해놓으면 인생이 많이 수월해진다. 적어도 누군가가 미워하면서 헛되게 보내는 시간이 많이 줄어든다. 그러나 대인관계가 그렇게 호락호락하지 않다.

　문제는 나 혼자만 잘 지내려고 한다고 해서 되는 것이 아니란 것에 있다. 그래서 사탕도 돌려보고 밥을 쏘기도 하면서 환심을 사려고 한다. 의외로 나의 이러한 헌신적인 노력에도 상대방이 꿈쩍도 안 하고 나는 여전히 미운털이 되어 고초를 겪을 수 있다. 직장에서 흔한 일 아닌가? 먼저 들어온 누군가가 내가 미워서 매일 잡아먹으려고 한다면 회사 가고 싶은 마음에 들까? 매일 얼굴만 보면 으르렁거리는 가족이 있으면 집에 갈 시간이 기다려지겠는가? 앞뒤 스토리를 백번 맞춰봐도 난 별로 잘못한 것도 없는데 그냥 나만 미워하고 싫어하니 도통 방법이 없다.

　원만한 대인관계의 핵심은 바로 상대방이 나에 대해서 호의를 갖게 만드는 것에 있다. 그 사람이 나를 좋아하게 만들면, 아주 조금이라도 나에게 호의를 가지면 인간관계가 매우 수월해진다. 나를 좋게 봐주는 순간, 내가 하는 말에 딴지 거는 것도 줄어든다. 그러니 대화할 맛이 난다. 공감도 많이 해준다. 기도 펴지고 자존감도 올라간다. 심지어 작은 실수도 넘어가주고 좋은 일이 있으면 기뻐해주고 무슨 일이 생기면 내

편이 되어 준다. 이렇게 내 삶이 편해지는 것이다. 이러한 현상은 상대방이 나를 좋아하는 마음이없으면 절대로 따라오지 않는 것이다.

사람들이 나를 좋아하도록 만드는 것은 중요하다. 여기서 좋아한다는 것은 남녀 간의 애정 같은 것이 아니다. 사람 대 사람 으로서의 호의를 갖는 것이다.

내가 아무리 노력해도 나를 좋아하지 않는다면, 그러면 놓아도 좋다.

좋아하는 사람을 만들어요

사람 관계가 어려워서 말을 잘하려고 했다.

처세에도 길이 있다고

센스를 키우고 스킬을 늘리려고 했다.

매너있는 사람이 되고 싶고 인정 받고 싶었다.

어쩌면 나를 위해서

겉으로 웃고 있어도 돌아서면 한숨 쉬었다.

하지만 그런 복잡한 건 필요하지 않았다.

그냥 너를 좋아하면 되는 거였다.

너를 좋아한다는 마음이 나에게 기준이 되면

할 말, 안 할 말과 할 행동, 하지 말아야 할 행동이

고민하지 않고도 정돈이 되었다.

힘들다, 힘들다 하지 말고

어떤 곳에 있든 좋아하는 사람을 만들자.

남자든 여자든 나이 따지지 말고

좋아하는 사람이 생기면 보고 싶어지고 즐거워진다.

연애감정은 피곤하지만 순수하게 좋아하면 부담없다.

좋아하는 사람과 우정을 나누자.

서로에게 부담이되지 않는 그런 우정.

좋아하는 사람에게 팬이 되자.

설령 내가 잘못했다고 해도 내 편이 되어 줄 사람.

외롭고 힘든 건 다른 사람들의 냉정한 태도가 아닌

좀처럼 달아오지 않는 나의 마음 때문이다.

누굴 좋아하면 저절로 관심이 생기고

내가 어떻게 해야 할지 생각 난다.

사람은 자길 좋아하는 사람을 좀처럼 밀어내지 못한다.

실력 좋고 잘하는 사람은 인정 받을 수 있으나

시기를 살 수 있고

매력 없고 못하는사람은 천덕꾸러기가 될 수 있다.

내가 아프면 걱정해주고

내가 잘하면 기뻐해주고

내가 힘들어하면 응원해주는 건

그 사람이 날 좋아하야 가능하다.

타이밍

내가 노력한다고
시드는 꽃이
다시 활짝 피지 못한다.

노력을 퍼붓기 전에
먼저 시드는 타이밍인지
활짝 필 타이밍인지부터 봐야 한다.

후회하지 마라

어느 날 오랜시간 함께 했던 사람과 멀어지고 허무해서

그와 함께 했던 시간도 아깝고

어울리면서 썼던 돈도 아깝다고 생각하게 되었다.

차라리 그 시간에 공부를 하고 저금을 했다면

지금보다 더 나은 삶을 살 수 있을 거라고 후회도 한다.

하지만 그걸 아까워하는 건 궁상 중의 궁상이다.

사람 만나는 데 드는 시간을 아깝게 생각하지 마라.

어차피 남는 시간이었고 무료한 시간이었다.

당신은 그 누구와 상관없이

분명 필요한 만큼 공부했을 것이고

저축하면서 살아왔을 것이다.

그러니 뭘 얻었는지만 생각하라.

아깝다고 생각하면 에너지를 빼앗기는 것이고

얻은 것을 생각하면 에너지를 흡수하는 것이 된다.

문제를 해결하는 가장 효율적인 방법

내가 그냥 화를 풀면

시간과 감정을 절약하면서

쉽게 해결되는 것이 많다.

단, 맞지 않는 사람에게는

내가 그에게

어려운 사람이라는 것을

충분히 각인시켜야 한다.

지나간 것

지나간 것은
들추지 말자.
지나간 것을 떠올려 보는 것은
그때를 책망하기 위해서가 아니라
다시 그 실수를 반복하지 않기 위해서다.

조용히 넘겨요

힘들고

어려움이 닥치면

아파하지 말고

생각하지 말고

그냥 조용히 넘기면 된다.

그러면 그것은 점점 작아진다.

내가 사랑하는 사람은

내 넋두리 들어주는 사람 아니에요.

내가 잘보여야 하는 사람이에요.

그 사람 마음 변하면

나는 상처받을 거잖아요?

괜찮아

똑같이 마음상해도
누군가가 미안하다고 말해주면
괜찮다고 말할 수 있다.
괜찮다고 말하면 괜찮아진다.
괜찮다고 말할 수 없다면
쉽게 괜찮아질 수 없다.

마음을 움직이는 말

상대방에게 완벽을 바라지 말자.

빈 곳이 보이면

따뜻한 눈으로 바라보고 채워주자.

상대방에게 완벽을 바라는 것은

내가 부족하기 때문이다.

마음을 움직이는 말은

용기와 격려의 말이다.

나의 말에 다른 사람도 움직이면

비로소 내 마음도 움직인다.

무턱대고

나에게 호의적이지 않으면
내가 아무리 노력해도
내가 원하는 바는 이루기 힘들다.
노력하기 전에 먼저 살펴야 할 것은
역시나 상대의 마음이다.
무턱대로 노력하면 상처만 받는다.

싫어하는 일

비록 좀 거슬려도

내 마음에 안 들어도

내가 좀 불편해도

그렇다고 해서

그 사람을 싫어하는 건 잘못된 일이다.

싫어한다는 것도

사실 내려놓는 것 중에 하나인데

더 이상 노력하지 않기 때문에

싫어하는 것이다.

연예인처럼

잘 보이고 싶은 사람이 있다면

잘 지내고 싶은 사람이 있다면

그 사람 앞에서는

텔레비전에 나오는 연예인들이 하는 것처럼 하라.

외모에 신경 쓰고

표정 관리하고 잘 웃기고

해야 할 말과 하지 말아야 할 말을 확실히 구분하고

순간순간 매력을 어필해서 점점 친근감을 갖게 하라.

상대방이 나에게 부담을 갖지 않도록 하라.

의리있게, 개념있게, 편하게.

그것이 설령 진심이 아니라도 어쩔 수 없다.

진심이라는 날것으로 대했다가 얼마나 낭패를 보는가.

사람들은 보고 싶은 것만 보고 싶어하고

듣고 싶어하는 것만 듣고 싶어 한다.

함께 있을 때 즐겁고 재미있는 순간들이 쌓이면

어느 순간 당신을 좋아하게 된다.

놀랍게도 내가 사랑하는 사람도

나를 소중히 여기는 사람도 그렇다.

나의 진심 따위 그것이 아무리 깊어도

재미없고 지루하면 관심 없다.

인기가 있으려고 노력하라.

사람을 대할 땐

재미있게 이끌어갈 이야기와 개인기도 준비해라.

그러면 저절로 조심하게 되고

예쁜 모습만 보이고 싶어지게 된다.

내가 좋아하는 사람이 나의 팬이 된다면 정말 좋다.

우는 소리 쏙 들어가고

내가 대체 뭘 잘못했는지 모르겠다고

투덜거리다가도

스스로 모니터링하면서 알아서 고치게 된다.

아무것도 결론짓지 마

오늘 속상하다고 하던 일을 그만두지 마.

오늘 더이상 참을 수 없다고 누군가와 헤어지지 마.

오늘 뭔가 마음을 정리하지마.

그냥 내버려둬.

다 지나가게.

알고보면 마음의 정리는

지금 답답해서 나 혼자 내리는 결론이고

대부분 다 성급한 것뿐이야.

어떻게 대할까?

불편하고
거북한 본질보다도

재미있고
재치넘치는
가식이
더 필요할 지도 모른다.

그냥 가볍게 웃고
서로에게 부담을 주지 않기에.

대화

타인과 가까워진다는 것이
내가 생각나는 대로 말하고
하고 싶은 말을 하고
내가 편하게 대하는 것은 결코 아니다.
사람을 대할 때는
그 사람을 위한 말,
그 사람을 생각해주는 태도가 필요하다.
내 삶에 조금도 도움이 안 되는 것은
내가 만들어낸 쓸모없는 말이다.

가면을 쓴 당신이 좋다

뜬금없이 웃으며 다가온 이가 있다
그래, 사람 사는데 혼자 살 순 없다
친하게 지내면 좋지.
그러나 친하게 지내는 순간부터
나는 힘들어진다.
사람들이 마음 속에 숨겨둔 이야기를 꺼내는 것이 싫다
나를 좋아하는 마음도 없으면서
그냥 자기 마음을 달래려고 이 말 저 말하는 것도 싫다.
나와의 아주 작은 불화해도
나를 몰아세우는 당신이 싫다.
처음 당신의 미소를 너무 얕본 모양이다.
사실 사람들 마음 속은 거의 다 비슷하다.
다 비슷한데서 참고
다 비슷한 것을 원한다.
조금 차이가 있을 뿐이지

다 비슷하다.

나는 가면을 쓴 당신이 좋다.

내가 가면을 벗고

당신이 가면을 벗어도

우리는 그다지 서로의 편에 설 수 없다.

역시나 감동할 수 있는 순간은

누군가가 나를 생각해줄 때

나를 따뜻히 여겨줄 때

그때뿐이다.

사람은 자신이 노력해야 가면을 쓸 수 있다.

아름다운 가면이 진짜 같고 감동을 일으킨다.

시작점

모든 것은

어떤 계기로 인해

무슨 일로 인해 벌어지지 않는다

내가 그 사람을 싫어하는 순간부터

생긴다.

편하다

사랑이 좀 식고 나니
편해졌다.
데이지도 않고
적당히 따뜻하니
편해졌다.

아주 사랑하지 않고도
같이 눈마주치고
살 맞대고
함께 사는지 알겠다.

단 하나의 방법

지금 내가 힘들다고
다른 사람들은 편하다고
쉽게 얻는다고 생각하지 마.

지금 잘해내려고 하는 것,
목표를 이루려고 하는 건 중요하지 않다

지금 이 순간 포기하지 않는 것만이 답이다.

포기하지 않으면 이루어진다.

바보

누군가와 가까워지고
감정적으로 깊어지고
좋아하고
사랑하고
상처받는다면

그로 인해 내가 좀 바보되는 건
어쩔 수 없이 감수해야 한다.

그러니 후회하지 말자.

생각밖의 일들

잘 해보자고

벌인 일이

오히려

역효과가 날 때는

게으르고

무념무상이라서

아무것도 이루지 못했을 때보다

훨씬 더 타격이 크다.

정말 괜찮아요?

충분히 힘들고 괴로운데도

괜찮다고

견딜 수 있다고

버티면

나중에는 알 수 없는

고쳐지지 않는

걱정과

쓸데 없는 생각을 하는 습관이 들게 된다.

바보다

조그만한 일에

내 마음이 요동치다니 바보같다.

내 마음에 바다가 있는데

작은 일에 지진해일이다.

잊혀진다는 것

놔두고 오는 것은
잊어버렸기 때문이다.

누군가 나를 슬쩍 두고 간다는 느낌이 들면
그건 그 사람이
나를 잊어버리겠다는 뜻이다.

전화를 안 받는다면
다시 전화하지 말아요.

모르겠다

기대하면 안 되고

아무 생각 없이 하던 일이 잘 되니

어떻게 해야 할 지 모르겠다

늘 마음을 놓기에도 이르고

실망하기에도 이르다.

자잘한 것들의 힘

사람하고 잘 지내는 건 푼돈을 아끼면 어렵고
푼돈을 적절히 쓰면 쉽다.
백 마디 말 보다도
커피 한 잔의 성의에
마음이 녹아내리게끔 되어 있다.

커피 한 잔을 대접한 이와
그렇지 않은 이의 차이는 매우 크다.
내가 혼자 인격을 가다듬고
절치부심하여 나를 갈고 닦는 것보다
내가 그에게 건네는 사소한 관심이
사람의 마음을 움직일 수 있다.

지금 필요한 건 망설이는 시간

많이 망설이다가
끝내 이루지 못하고
그만두는 일은
덤볐다가
손해볼 일이 되어야 한다.

저지르는 것도
많이 망설인 사람이나 할 수 있다.

망설이는데 든 시간을
아깝게 생각하지 말자.

마음의 고통이 주는 의욕

내가 감정에 치우쳐서

진심이 아닌 말을 했다고 해도

그 말이 그 사람의 아픈 상처를 자극한다면

그 사람은 충분히 생각해보지 못하고

나중에 후회할 섣부른 결정을 하게 된다.

누군가의 말이 나를 아프게 하면

그 말이 진심처럼 느껴질 수 있지만

그건 그냥 내가 좀 아픈 거지

그 사람은 진심이 아닐 수 있다.

아픈 마음에 속지 말자.

마음도 엄살을 부린다.

단기기억

고마운 사람, 좋은 사람은 잘 기억해두는 편이다

왠지 싫은 사람, 껄끄러운 사람은

그 사람에게 똑같이해주거나

혹은 싫은 티를 내는 것은 유치하다고 생각하므로

자주 보는 사이가 아니라면

우연히 보더라도 그냥 기억이 안 나는 척을 한다.

누구지?

누구였더라?

몇번 그러다 보니

그런 사람은 저절로 기억에서 사라졌다

잘 지내는 방법

나를 홀대하는 사람에게는

같이 냉정해질 수 있다.

그런데 나는 내가 잘해준 사람 앞에서는

먼저 그 사람의 마음을 살피고

그 사람 입장에서도 한 번 생각해보게 되었다.

어떻게든 대립하지 않기 위한 방법을 찾게 되었다.

그래서 내가 먼저 배려한 사람과는

트러블이 없다.

그러니 사람과 잘지내는 건

먼저 배려해주는 것이다.

위험한 의욕

의욕을 가진 사람은

마음을 먹었기 때문에

반드시 하겠다고 결심을 했기 때문에

때로 많은 손해를 감수한다.

그래서 의욕이 없는 사람보다

더 잃기도 한다.

어떤 때에도 행복한 사람은 있다

어떤 처지라도
어떤 때라도
마음 맞는 사람만 곁에 있으면 된다.

내 말을 들어주는 건
내가 옳기 때문이라기 보다는
나를 좋아하고
나를 신뢰하기 때문이다.

나을 신뢰하지 않는 사람에게
옳은 말을 해주면
그 사람이 내가 옳다는 것을 깨닫기까지
많은 시간이 걸린다.

사랑을 깨닫는 순간

어느 날

나를 진짜로 사랑해주었던 사람에게

고마움을 느끼고

그 사람이 그리워질 때가

가장 힘들고 어려울 때가 아닐까 한다.

더 이상 그 사람이 없으니까

사랑이란 받을 때보다

없어졌을 때 절실히 깨달아진다

누가 안 가르쳐줘도.

내 자리

남을 부러워하는 순간이
내 자신을 잃는 시작점이다.

그러니 내 삶에
불편한 사람이 들어오면
잘났든 어떻든
텃세를 해야지.

누구나 한번쯤

인생의 위기는
남들이 다 하는 생각을
나 혼자
번뜩이는 아이디어라고 생각하고
들이댈 때 온다.

남들이 다 하니까
나도 할 수 있다고 생각할 때
난관을 만나게 된다.

인간관계는 마주쳤을 때
반가우면 성공!

길에서

우연히 얼굴만 아는 사람 만나는 것만큼

멋쩍은 게 없다

차라리

모르는 사람이면 그냥 지나가는데

공연히 얼굴을 알아서 불편하다.

동네에 괜히 지인을 만들어서

어울리는 게 꺼려진다.

가까워지면 자기 마음대로

편한 대로 행동하니까.

누군가를 새로운 가족으로 들이면

누군가를 새로운 동료로 둘아면

남보다 나은 관계가 되어야 하는데

가까워졌다고

내가 먼저 여기 왔다고

그 사람을 만만하게 보고

낮게 보고

자기 마음대로 편하게 대하는 일이 참 많은 것 같다.

자주 보고 함께 한다면

누구보다도 아껴줘야 할 텐데

가까워진다는 것에 의미를

잘못 알고 있는 사람들이 참 많은 것 같다.

아무리 멋진 사람이라도

멀쩡한 사람이라도

뛰어나도

나한테 함부로 하면 다 의미 없는 것이다.

두 번 이상 대답하는 것

어떤 상황이든 뭘하든

상대방이 잡다한 질문이 많고

걸고 늘어지고 요구사항이 있으면

그 일은 순조롭게 풀리지 않는다.

할 사람은 한다.

안 할 사람을 끌고 가려고 하지 마라.

안 할 사람의 호기심을 채워주지 마라.

내가 설득할 수 있다고 생각하지 마라.

하지도 않을 거면서

여기저기 찔러보고 다니는 사람은

그냥 뭘하고 싶다기보다는

뭔가 망설이는 시간을 갖고 싶어서 그런 거다.

답

시험지 답을 쓰고 나서

다시 점검할 때

답을 고치면 틀리나요?

맞나요?

어떤 일을 결정할 때

처음 했던 생각과

시간이 지난 후에 다시 생각했을 때

마음이 바뀌었다면

시험 때 고쳐 쓴 답처럼 된답니다

더 생각해서 옳은 답을 찾나요?

처음 들었던 생각이 진짜 답이었나요?

아까운 것

사람과의 관계에서 쓴 시간과 돈을

아깝게 생각한 적이 있다.

누군가와 인연이 다하면 아무것도 남은 것 같지 않아

그로 인해 써버린 시간과 돈을 낭비했다는 시간이 들었다.

하지만 그렇게 생각하지 말자.

그때의 심심함과 외로움을 바꾼 것이니까

그건 진짜 아까운 게 아니라

실은 섭섭해서 느끼는 감정일 뿐이다.

지나간 사람에게 선물 돌려달라고 하는 이들도 있는데

돌려받아봤자 대부분 꼴보기 싫은 쓰레기 된다.

그냥 솔직히 마음 아프고 섭섭하다고

내 슬픔과 마주 서.

네가 가서 슬프다고.

내가 마음이 아프다고.

나의 의미

곁에 있을 때 잘해준다.

나를 떠나도

결국 제 발로 나를 다시 찾아올 수 있도록.

만일 다시 돌아오지 않는다면

내가 부족한 것이다.

그리고

돌아오는 사람 받아주면

더 바보되는 것이다.

단순하게

좋은 일이 있으면 함께 기뻐해주고
안 좋은 일이 있으면 안타까워해주자.

너에게 좋은 일이 생겼는데 속으로 떫고
네게 안 좋은 일이 생겼는데 속으로 잘됐다고 생각하면
그건 내가 잘못된 것이 아니고 무엇이겠어.

더군다나 널 좋아하는 내가 그러면 되겠어.

편한 사람

사람들이 곁에 있고 싶어하는 사람은

잘생긴 사람도 아닌 잘난 사람도 아닌

편한 사람이다.

사람들의 발걸음은

편한 사람의 옆으로 향하기 마련이다.

너를 지키는 방법

내가 좋아했던 사람

내가 설레었던 그 사람에게

내가 상처받는 일이 없었으면 좋겠다.

내가 사랑하는 방법이

틀린 것이 아니었으면 좋겠다.

나에게 상처를 주는 사람이

내가 싫어하는 사람이었으면 좋겠다.

진심을 읽어내는 능력

진심인지 진심이 아닌지
구별해내는 것이 중요하다.
그래야 실패하지 않는다.
실수하지 않는다.

누군가로부터 어떤 말을 들었을 때
내가 상처를 받았다면
그 사람의 진심이라고 생각했다

믿기지 않아서
그 사람에게 진심이냐고 물었을 때
그가 진심이라고 대답했다면
손색없이 진심이 맞다고 생각했다.

그런데 아니었다.

내가 아파도 명확히 대답을 들어도

진심이 아닐 수도 있다.

진심인지 아닌지는 스스로 판단하는 것이다.

때로 마음이란

말과도 다른 것이고

표정과도 다른 것이다.

진심을 알면 다 아는 것이다

때로 나도 나의 진심을 모를 때가 있다.

진심은 변하지 않는 것

내 마음에 와 닿고
상처가 되고
강한 인상을 남기는 것을
진심이라고 생각할 수도 있다

반드시 그런 것만은 아니다

그냥 흘러버린 것에도
진심은 있다.

강철

깨지고 상처받아야

조금 더 나아지는데

잘 고쳐지지 않던 단점도 떨어져 나가는데

고작 마인드가 유리밖에 안 되어서는

견딜 수 없다.

무쇠 강철이 되어야 한다.

그래야 부서지지 않고 단단해질 수 있다.

다가가는 방법

그냥 마음만 있으면 그 마음에 따라 말과 행동이

다 따라올 것 같지만 그렇지 않다.

내 마음과 다른 말, 내 마음과 다른 행동이

내가 생각지도 못한 결과를 만든다.

잘해줄 줄 모르면서 우선 친해지고 싶어하고

가까워지고 싶어하면서 사랑도 독이 된다.

마음과 달리 누군가의 기분을 좋게 하는 것,

누군가의 마음에 드는 것은

그 사람을 대하는 태도에 대한 연습이 있어야 가능하다.

제대로 할 줄 모르면서 무조건 다가가기만 하는 것은

다가갈 수록 그 사람이 멀어진다면

갈증과도 같은 외로움을 달래기 위한

임시방편에 불과하다.

그 마음이 진심이라도 말과 행동이 서투르면

얻어지지 않는다.

문득, 깨달음

나만 바보 되고
얻은 것 없고
배신감 들 때는
상대방을 원망하기 보다
그냥 거기까지고
진짜 내 자리가 다른 곳에서
기다리고 있기 때문이라고
생각하면 된다.

침묵은 말하지 않는 것이 아니라
필요한 말만 하는 것

싫어하는 사람에게

내 심정이 이렇다고 말하거나

내 생각을 말하지 않으니

모든 게 편해졌다.

그 사람의 입장에서 생각할 필요도 없고

그 사람이 내 마음을 헤아려주길 바랄 필요도 없다.

기분을 풀기 위해서 하는 실언들은

낭패를 부른다.

가시

마음 안에

머리 안에

가시 한개씩 박아놓고 사는 것 같다

겉으로는 웃고 있어도

내가 키우는 가시 때문에 스스로 괴로워했다.

그런데 이 가시도

얇아졌다가

물렁해졌다가 튼튼해지기도 한다

누군가를 믿고 좋아하는 건

마음 속의 가시를 줄여나가는 일이 되겠지만

그만큼 나는 삶에서 위험에 처하게 된다

가시는

내가 나 자신을 위해서 키우고 있는 것이다 .

당신을 대할 때는

오늘 좀 속상한 일이 있었어요

물론 당신과 상관없는 일이에요

그런데 반갑게 먼저 인사하는 당신에게

환히 웃어줄 수 없네요

내 기분이 상했다고 해서

내가 좀 힘들다고 해서

당신에게 건네는 말투가 딱딱해지지 않게 할게요

표정이 어두워지지 않게 할게요

내가 힘든 건 당신 때문이 아닌데

당신은 그렇게 생각하지 않을 수도 있으니까요.

낭비

조금 아끼는 것은 현명하다.

하지만

너무 아끼는 것은 낭비가 된다.

타인이 나를 포기하면

내가 잃게 되는 것은 너무 많다.

행복한 사람

사람에 대한 믿음이 있고

나 자신보다

내 곁에 있는 사람을 위해 일어서고

다 있는데

그냥 살아가는 데 돈만 조금 필요하다면

그는

행복한 사람이다.

사랑이 뭔지 아는 네가 좋다

사랑을 아는 너의

말과 행동은 과연 다르다.

변하는 것은 사랑이 아니다

다른 건 몰라도

나는 내가 사랑이 뭔지 알게 되어서 좋다.

사랑은 행복한 것이다.

사랑은

고민할 것도

생각할 것도

긴말할 것도 없는 것이다.

편견이 빛좋은 개살구를 만든다

알고 보면 그 편견이라는 것은

내 생각도 아니고

다른 사람이 하는 말을

생각없이 머릿속에 집어넣은 것이다.

편견은 아까운 너의 삶을 낭비하게 한다.

세상에 대가를 받으며

빛나는 사람은 없다.

대개 대가를 치르고

빛을 만든다.

배우다

사람은 믿거나
의지하는 것이 아니다
사람에게서는 배우는 거다
믿거나
의지하면 손해나 상처가 따른다.

하지만 사람에게서 배우는 것은
이익을 가지고 온다.

가르쳐주는 것을 배우는 것이 아니라
배울 것을 찾아서 조용히 배우는 것이다.

그래서

결국 모든 것은
잊혀지고
괜찮아지고
용서되므로
피해자가 되지 말아야 한다.

나는 너에게 미안하고 싶다.
누군가가 나에게 사과를 구하길 바라지 않는다.

내것

내가 변함없이 사랑하는 것

정성을 다하는 것은

내가 잃어버릴 수 없는 것이다.

다른 사람이 빼앗아갈 수 없는 것이다.

그대가 있어

아무리 힘들고

어려워도

옆에서 누군가 나를 걱정해준다면

나는 자신있게

괜찮다고 말할 수 있다

문제를 해결하지 못해도

괜찮다고 말하면

정말 괜찮아진다

함께 한다는 것은

내가 홀로 일어날 수 있게

힘을 주는 것이다.

비난

저지를 땐 무덤덤하다가

혼나고 나서야

잘못인 줄 아는 게 너무 많다.

비난이 없다면 어쩔까?

나는 언제나

내가 알고 있는 것을

과대평가하여

다른 사람을 낮춰 보게 되면

나는 알고 있는 것도 아니고

모르고 있는 것도 아니게 된다.

어떤 때로 나의 일

나의 인생을 보잘것없다고 생각하거나

소용없다고 생각하는 일이 있어서는 안 된다.

설령 그것이 나를 힘들게 하더라도

그 생각은 매우 위험하다.

그럼 길을 잃는다.

전부를 잃는다.

섣부른 생각

그 사람의 행동을 관심있게 보지 못하고
하고 싶은 말의 의미를 다 이해하지 못하고
그냥 내 편한대로 생각하고 결론내리면서
누군가를 싫어하는 일이 많다.
좋아하는 감정도 그렇다.
어디까지만 바라보고 어디까지만 말하고
그다음엔 그냥 내가 알아서
생각하고 나서
좋아하거나
싫어하는 일이 참 많다
그러니 상대방과는 마음이 어긋날수밖에.

아쉽냐?

누군가가 나를 생각할 때

사랑했던 사람이라고 생각하는 건 괜찮다.

좋은 사람이라고 생각했던 것은 괜찮다.

아마 그가 그렇게 생각했다면

나도 편했을 것이다.

그런데 나를

아쉬운 사람이라고 생각하는 좋지 않다.

내가 많이 괴롭고 힘들었을 것이다.

그리고 함께 하더라도 좋은 일은 별로 없을 것이다.

아쉽다는 감정은

좋고 나쁘고 보다도 비열한 감정이다.

나를 아쉽게 생각하는 사람과의 관계에서

나는 절대로 행복해질 수 없다.

부담

오만하고

교만한 것은

나 자신에게

가장 큰 부담을 주는 것이다.

나 자신이 소중한 것과

오만한 것은

완전히 다른 것이다.

노력해도 되지 않는 일

대하기 어려운 사람들이 있었다.

집요하게 파고드는 사람

가까이 가면 상처를 주는 사람

말이 안 통하는 사람

가까이갈수록 멀어지는 사람

날카로운 말을 던지는 사람

쉽지 않은 사람

사실 나한테만 어려운 건 아닐 것이다.

그런데 요즘은 이해가 되기 시작했다.

왜 그렇냐면 아무리 노력해도 안 되는 게 있기 때문이다.

의욕도 있고 최선을 다해 노력을 해도

절대로 넘을 수 없는 선이 있기 때문이다

혼자서 해낼 수 없는데 그저 혼자로 내버려졌기 때문이다.

누군가 나를 방치했다면

나 역시 나를 방치하는데
익숙해진다.
나를 사랑하기까지
먼길을 돌아서 가야 한다.

언변

말이 많은 것보다

침묵이 낫다지만

재치있는 말보다

침묵이

더 나을 수가 있을까?

그저 한번뿐이라면

보고 싶은 사람을 만난다고 해도

그저 한번뿐이다.

그 한번으로

만족해야 한다.

아쉽거나

후회되지 않아야 한다.

보고 싶은 사람이 있어도

함부로 만나지 않는 이유다.

말주변

대화가 쉽지 않은 이유는

내가 시간 날 때

내가 하고 싶은 말만 하는 것보다

듣는 사람이 시간이 날 때

그가 듣고 싶어하는 말을 하는 것이

어렵기 때문이다.

할 필요 없는 말

지금 내가 한 생각이

100% 내 마음을 담고 있다고 해도

그 말이 상대방에게 꼭 필요한 말이라고 해도

그 사람이 받아들이지 않는다면

할 필요 없다.

이미 그 사람은 알고 있으니까.

그립다

그리운 것은

그때 내가 쏟은 사랑이 부족해서다.

열정적으로 다 사랑하면

나중에 혼자 그리울 일이 없다.

내가 막상 떠나갔을 때

바로 섭섭한 것은 옳다.

그런데 먼저 내 곁을 떠나서

이 사람 저 사람 겪고 나서

그래도 내가 낫다고 느끼는 것은 그르다.

왜 다가와요?

나에게 다가오는 사람이

환한 웃음으로 대해줘도

그래서 내가 잠시 행복해도

만일 그 사람이 마음 속으로

싫어하거나 미워하는 사람이 있다면

그 사람을 멀리해야 한다

누군가와 불화하고 다가온 사람을 곁에 두면

나는 사소한 실수에도

그 사람으로 인해 상처를 받게 된다.

내가 좋아서 다가온 사람과

다른 이가 싫어서 내가 다가온 사람을

잘 구분해야 한다.

작은 슬픔

내가 가진 슬픔은

나 혼자만 가지고 있을 때는 작다.

나를 아끼고 사랑해주는 사람이

내 슬픔을 알게 되면

나는 슬픔을 조금 더 편하게 가지고 있을 수 있게 된다.

슬픔이 없어지거나 하는 건 아니다.

내가 가지고 있는 슬픔이

다른 사람도 알게 된다면

어쩌면 그 슬픔은

내가 감당할 수 없을 정도로 커질 지도 모른다.

나만 알고 있는 것은

언제나 작다.

그것이 잠시 없어지더라도

다시 찾기 어려울 만큼.

사랑한다는 것

나에게 슬픈 일이 생겼을 때

혼자 슬퍼하면 밑도 끝도 없지만

누가 대신 슬퍼해주면

나는 그 사람에게

괜찮다고 말하지 않을 수가 없다

때로 감정을 스스로 느끼지 못하고

내가 주어진 감정을

다른 사람이 느끼게 하기 위해서

누군가를 곁에 두는 것일지도 모른다

누군가를 사랑한다는 것은

그 사람의 행복이나 아픔을 내것처럼 여기는 것이니까.

털어내요

손아귀에 쥔 것이
손가락 사이로 빠져나갈 때
그것을 움켜쥐려고 했었다

 그런데 알았다
그럴 때는 그냥 먼저
손을 털어버리이 것
그것이 최상이라는 것.

나에요

나 자신에 관해서 잘 모르는 것은 큰 잘못이다.

내가 뭘 싫어하는지

내가 뭘 힘들어하는지

내가 뭘 좋아하는지

싫어하는 것과 부딪히고

좋아하는 것을 애써 외면하지 마라.

져 줄 사람,
이길 사람

져줬을 때

그사람이 나를 하대하고 무시하면

잘못한 거고

져줬는데

그 사람이 나에게 의지하고

나를 꼭 필요로 하는 사람으로 여기면

그건 제대로다.

그나마 내가 할 수 있는 일

속상한 일

좋은 일은 피해갈 수 없지만

속상한 일을 기억할지

좋았던 일을 기억할지는

내가 선택할 수 있다.

내게 잘해준 사람을 기억하며

즐거웠다고 생각하는 것과

나를 힘들게했던 사람을 떠올리며

아파하는 것도

나는 선택할 수 있다.